モンスターファミリー

Monster Family

作　有田奈央
絵　クレーン謙

PHP

「ようし。ようやく　かたづいたな。
今日《きょう》から　ここが　わが家《や》だ」
パパは、まんぞくそうに
家《いえ》を　ながめた。
「どう？　シリゼ、気《き》に入《い》った？」
ママが　ぼくの　顔《かお》を
のぞきこんだ。

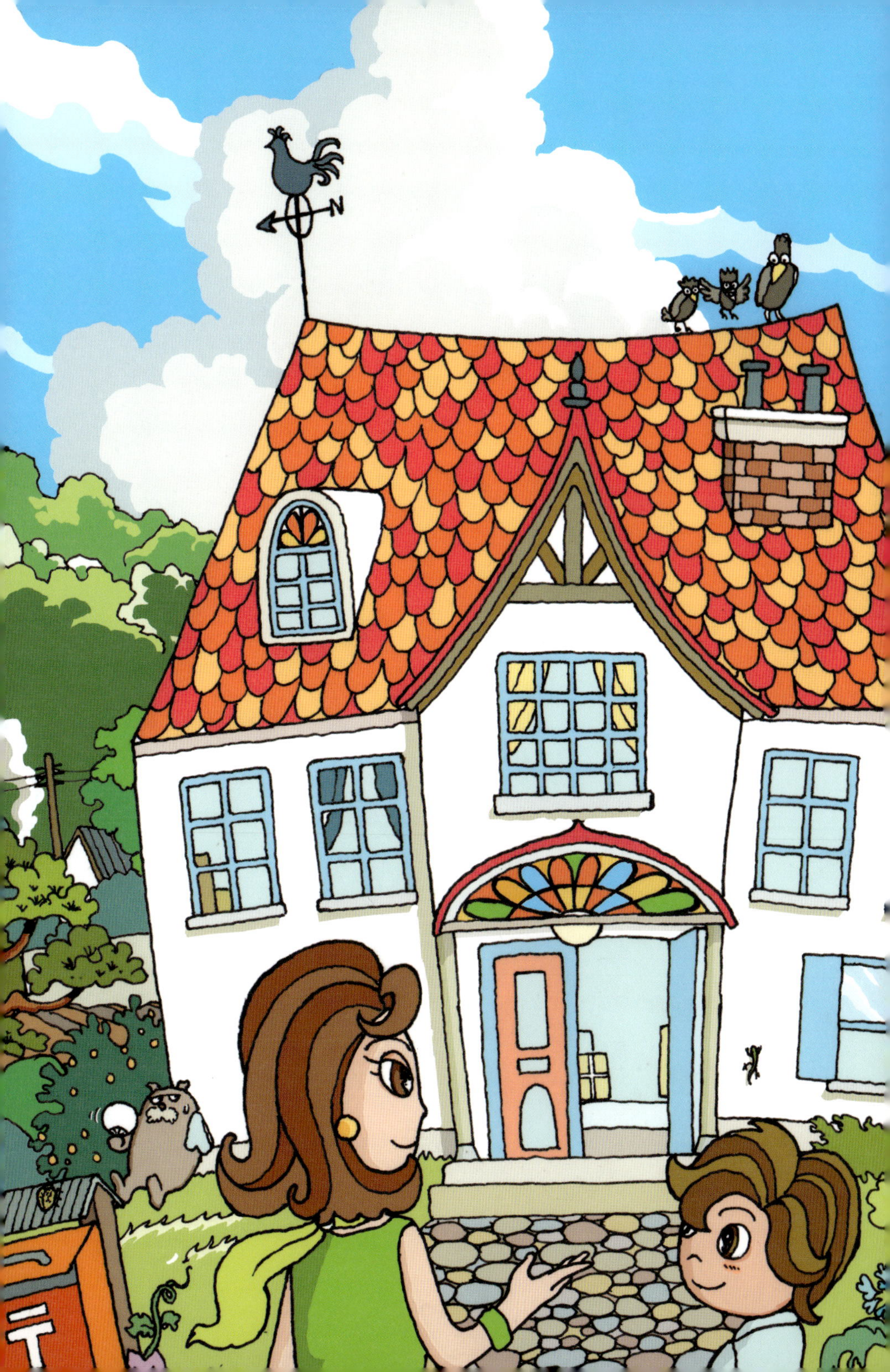
N

「うん。この家《いえ》、すごく　気《き》に入《い》ったよ。ぼくの　部屋《へや》も
ちゃんと　あるしね」
「そう、よかった。キララと　モリーも
だいじょうぶそうね」
「あたち、だいじょうぶー」
「ワンワン！」
妹《いもうと》の　キララは、さっそく
モリーと　庭《にわ》で　遊《あそ》んでいる。

やさい

ぼくたち一家《いっか》は、
今日《きょう》から　この町《まち》に
すむことに　なった。
じつは、
ぼくたち一家《いっか》は
人間《にんげん》では　ない。
見《み》た目《め》は　人間《にんげん》に
見《み》えるけれど、
本当《ほんとう》は
モンスターなんだ。

そうそう、
モンスターは、
おでこに
★《ほし》の しるしが
ある。
ぼくたち一家《いっか》は、
これまで ずっと、
モンスター界《かい》に
すんでいた。

そんな、ある日《ひ》のこと。
パパと ママは、モンスター界《かい》の 王《おう》さまから、しばらく
人間界《にんげんかい》に すむように、と めいれいされたのだ。王《おう》さまの
めいれいは ぜったいだから、さからうことは できない。
人間界《にんげんかい》で 何《なに》を するかと 言《い》うと、おもに
次《つぎ》の 二《ふた》つの ことを するためだ。

1 人間界《にんげんかい》の ようすを かんさつして、王《おう》さまに
ほうこくすること。

2 人間界《にんげんかい》に やってきた モンスターの 中《なか》で、
悪《わる》いことを する モンスターが いたら、つかまえること。

人間の世界へおひっこしするの？
モンスター ティー
モンスター界でとれたハーブでつくったお茶。すこしからい。

人間界《にんげんかい》を
とても　気《き》に入《い》って、
モンスター界《かい》から
人間界《にんげんかい》に
うつりすんでいる
モンスターが、
けっこう　いるのだ。

むかしは
人間《にんげん》に
悪《わる》さを　する

モンスターが
多《おお》かったけれど、
さいきんは　平和《へいわ》が　すきな
モンスターが　ふえてきた。
ところが、中《なか》には
まだ　悪《わる》いことを　する
モンスターが　いて、
人間《にんげん》を　こまらせたり、きずつけたり
しているようだ。

王《おう》さまは、人間《にんげん》と　モンスターに、なかよくなって
ほしいから、人間《にんげん》に　悪《わる》いことを　する　モンスターは、
つかまえないと　いけない、と　考《かんが》えている。
そんな　モンスターを　見《み》つけて、つかまえるのが、
パパと　ママの　仕事《しごと》だ。
ぼくや　キララは、まだ　子《こ》どもだから、パワーも
よわいし、パパと　ママの　おてつだいは
できないだろうけれど。

おいちい♥
人間界のお茶を
つかってモンスターティーを
つくった。あまり、からくない。

「ママ、あたち、
おなか　すいたよー」
キララの　おなかが
ぐう～と　なった。
「そうね。でも　家《いえ》には
食《た》べる物《もの》が　何《なに》も
ないから、お店《みせ》に　行《い》って
買《か》ってこなくちゃ」
ママは　そう言《い》うと、
次《つぎ》の　しゅんかん、

「チェンジ！」
と 言《い》って、
変身《へんしん》を した。
「お店《みせ》に
行《い》ってくるわね！」
ママの
すがたを
見《み》て、パパは
大《おお》あわてだ。

「おいおい、ママ！　変身《へんしん》して　お店《みせ》に　行《い》って
どうするんだ。人間《にんげん》たちが　おどろくだろう」
「あ、うっかりしていたわ」
ママは、今度《こんど》は「チェンジ」と　言《い》って、また
人間《にんげん》に　なった。
「ママ、本当《ほんとう》に　一人《ひとり》で　買《か》い物《もの》に　行《い》けるのかい？
パパも　ついて　行《い》こうか？」
パパは　しんぱいそうだ。

eco-bag

「だいじょうぶよ。
人間界《にんげんかい》の　ことは
しっかり　勉強《べんきょう》したし。
帰《かえ》ってきたら　おいしい
料理《りょうり》を　つくるから、
まっていてね」
「行《い》ってらっしゃーい」
ママは　楽《たの》しそうに
でかけた。

酒蔵
やさい
たいやき
カステラ
まいどー
だいこん一本
百円!!
50円
SAL
トマト
osakana kuwaeta
dora-neko

「シリゼ、キララ、ちょっと　こっちへ　きなさい」
しょさいに　行《い》くと、パパは　かべに　かざってある
本《ほん》を　指《ゆび》さした。
「ほら、見《み》てごらん。これは　とくべつな　本《ほん》なんだよ」
「とくべつな　本《ほん》って、どういう　こと？」
「この本《ほん》に　手《て》を　かざして　じゅもんを　となえると、
モンスター界《かい》に　行《い》くことが　できるんだ。
モンスター界《かい》から　人間界《にんげんかい》に　行《い》く　時《とき》も　この本《ほん》を
つかうのさ」
「へぇ、そうだったんだ。ぼく、いつの間《ま》にか、

みんなで　人間界《にんげんかい》に　きていたから、
どうやって　きたんだろうって、
ふしぎに　思《おも》っていたんだ」

「じゅもんは、パパだけが　知《し》っている　ひみつだからね」
「ママも　じゅもんは　知《し》らないの？」
「ああ、知《し》らないよ」
「ふーん」
「シリゼ、キララ。
よく　聞《き》きなさい。
二人《ふたり》は、人間界《にんげんかい》では
知《し》らないことも
多《おお》いし、
もしかしたら

いやなことも
あるかもしれない。
どうしても
モンスター界《かい》に
もどりたい、と
思《おも》った　時《とき》は、
パパに　言《い》いなさい。
その時《とき》は、おじいちゃんと
おばあちゃんの　家《いえ》で　あずかって
もらうよう　言《い》ってあるから。いいね？」

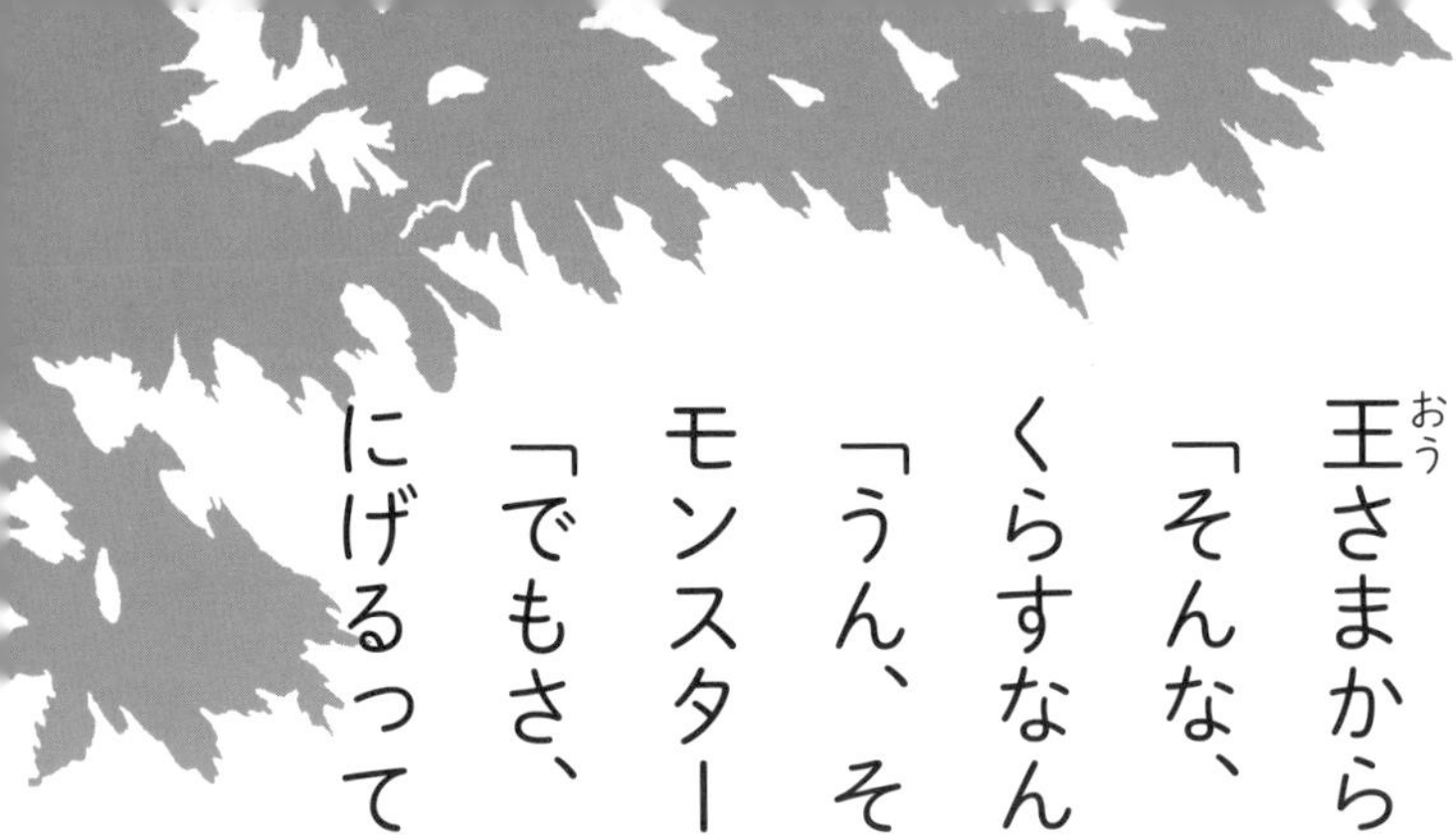

「え、パパと　ママは　どうするの？」
「パパと　ママは　人間界《にんげんかい》に　いるよ。
王《おう》さまから　言《い》われた　仕事《しごと》が　あるからね」
「そんな、パパと　ママと　はなれて
くらすなんて　いやだよ」
「うん、そうだな。まぁ、どうしても
モンスター界《かい》に　もどりたくなったら、の話《はなし》だよ」
「でもさ、それって　人間界《にんげんかい》が　いやで、モンスター界《かい》に
にげるってことに　ならない？」

「にげることは　悪《わる》いことじゃないよ。合《あ》う、合《あ》わないが
あるしね。つらくなってまで　人間界《にんげんかい》に　いなくても
いいさ。でも、人間界《にんげんかい》を　気《き》に入《い》って、うつりすむ
モンスターも　いるくらいだから、楽《たの》しいことも　たくさん
あるのかもしれないね。そうそう、人間界《にんげんかい》では　人前《ひとまえ》で
変身《へんしん》を　しないように　しなさい。びっくりされるからね」
「うん。わかったよ」
「あたちも　わかったぁ」

あたちも
わかったぁ

「ただいまぁ〜」

ママが、大《おお》きな買《か》い物《もの》ぶくろをかかえて、帰《かえ》ってきた。

しばらくすると、部屋中《へやじゅう》に、いいにおいが　ただよった。ごちそうだ。

「どう？　おいしい？」
「ママ、おいしいよ」
「あたち、おかわり！」
人間界《にんげんかい》での
初《はじ》めての　食事《しょくじ》の　時間《じかん》は、
みんなの　わらい声《ごえ》で　つつまれた。

それから、ぼくは　毎日《まいにち》、ママから　人間界《にんげんかい》の
決《き》まりごとや、人間《にんげん》について　教《おそ》わった。
「ママも　知《し》らないことが　あるし、あとは　生活《せいかつ》を
しながら、学《まな》んでいくしか　ないわね」
「あれ？　キララは、どこに　いるの？」
「さっきまで　庭《にわ》で　モリーと
遊《あそ》んでいたはずだけど……。あ、シリゼ。ほら、見《み》て」
ママに　言《い》われて、まどを　開《あ》けて　下《した》を　見《み》てみると、
キララが　人間《にんげん》の　子《こ》どもと　わらいあっていた。

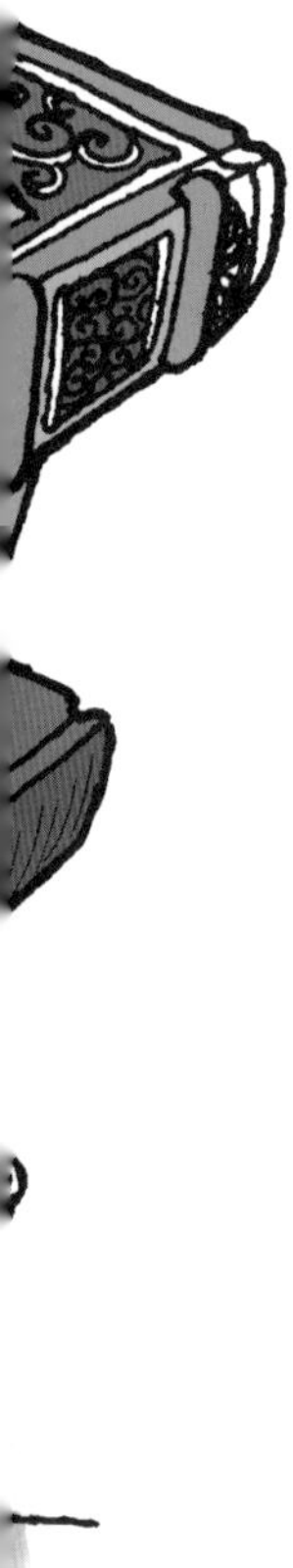

フム
フム
あいうえお

「近所《きんじょ》に　すんでいる　子《こ》よ。キララ、さっそく
お友《とも》だちが　できたみたいね」

「キララは、元気《げんき》だなぁ」

「シリゼも　ママと　外《そと》に　出《で》てみようか。町《まち》には
いろんな　お店《みせ》も　あるから、きっと　おもしろいわよ」

「うん。行《い》ってみようかな」

「じゃ、行《い》こう。キララにも　声《こえ》を　かけましょう」

みんなで、町《まち》に　行《い》くことになった。

右《みぎ》と左《ひだり》の絵《え》には、ちがうところが15こあるよ。
ケーブルカー
カステラ

ケーブルカー
カラデカ
まきか

しばらく　歩《ある》いていると、人《ひと》だかりや　いろいろな
お店《みせ》が　見《み》えてきた。

「うわぁ、なんだか　いい　香《かお》り」

「あそこの　パン屋《や》さん、おいしいみたいよ」

「あたち、パン　食《た》べたいっ」

「キララったら。さっき　食事《しょくじ》したばかりでしょう」

「えへへ」

SINCE 1925
BAKERY
焼きたてのパン
ぜったいおいしい!
パンチャンピオン優勝!!

それから　一時間《いちじかん》くらい、
いろいろな　お店《みせ》を
見《み》て　歩《ある》いた。キララは
歩《ある》きつかれて、ママの
背中《せなか》で　ねむっている。

ふと　見《み》ると、
一人《ひとり》の　男《おとこ》の子《こ》が、
木《き》の下《した》で、何《なに》かを
じっと　見《み》ていた。

「何《なん》だろう」

ぼくは、とても気《き》になった。

「そんなに　気《き》になるなら、声《こえ》を　かけてみたら。家《いえ》は、すぐ　そこだし、ママたちは　先《さき》に　帰《かえ》っているから」

「うん、わかった」

ぼくは　どきどきしたけれど、おそるおそる　声《こえ》を　かけてみた。

「何《なに》を　見《み》ているの？」

男《おとこ》の子《こ》は　ふり返《かえ》ると、ひとさし指《ゆび》で「しぃ～」とした。

「めずらしい　ちょうちょうが　いるよ。ほら」

そっと　のぞくと、黄金色《こがねいろ》の　キラキラした　ちょうちょうが　花《はな》に　とまっている。

ヤマキチョウ（山黄蝶）
昔、このちょうを見た学者が、バターにとても似ているので、それからちょうのことをバタフライ(Butterfly)とよぶようになったといわれている。

昆虫《こんちゅう》ずかんを　見《み》て、昆虫《こんちゅう》が　いることは　知《し》っていた。
でも、モンスター界《かい》には　昆虫《こんちゅう》が　いないから、ぼくは
初《はじ》めて　本物《ほんもの》の　ちょうちょうを　見《み》た。
「うわぁ、きれいだね」
「そうでしょう」
その後《ご》、ちょうちょうは　空《そら》へ
飛《と》び立《た》ってしまったけれど、ぼくは　男《おとこ》の子《こ》と
おしゃべりを　していた。
男《おとこ》の子《こ》の　名前《なまえ》は　レオと　いうんだ。

「へぇ、それじゃ、シリゼは、つい この間《あいだ》、引《ひ》っこしてきたばかりなんだね」

「うん」

「ここに くる 前《まえ》は どこに すんでいたの？」

「ニコニコ町《まち》だよ」

モンスター界《かい》から きたとは 言《い》えないから、

となり町《まち》の
名前《なまえ》を　言《い》った。
ママから
そうこたえるように
言《い》われていたのだ。
「ねえ、それは　何《なに》？」
ぼくは、レオの　首《くび》に
かけてある　物《もの》を
見《み》て　言《い》った。
キラリと　光《ひか》っている。

「あ、これ？　ママの　形見《かたみ》だよ」
「形見《かたみ》？」
ええと、形見《かたみ》って　何《なん》だったっけ。たしか
死《し》んでしまった　人《ひと》の　持《も》ち物《もの》とか　だったような……。
「ママは、ぼくが　小《ちい》さいころに、病気《びょうき》で
死《し》んでしまったんだ。これは　ママが、いつも
身《み》につけていた　ペンダントだよ。ぼくの　お守《まも》りかな」
「じゃ、レオにとって、大事《だいじ》な　物《もの》なんだね」
「うん」
そう言《い》って、レオは、ペンダントを、ぎゅっと

にぎりしめた。

「ねえ、シリゼ。明日《あす》、
おかの上《うえ》に　行《い》こうよ。
町《まち》が　見《み》わたせるし、
けしきも　すごく
きれいだよ。あんないするよ」
「いいよ」
ぼくと　レオは、
明日《あす》、この木《き》の下《した》で
まち合《あ》わせを
することにした。

今日《きょう》、初《はじ》めて
人間《にんげん》の 男《おとこ》の子《こ》と
話《はなし》を した。
ぼくは、なんだか
うれしかった。

次《つぎ》の日《ひ》。
木《き》の下《した》で、レオを
まったけれど、いつまで
まっても　レオは　こない。
「やくそく、
わすれちゃったのかな」
家《いえ》に　帰《かえ》ろうとすると、
ぼくを　よぶ
声《こえ》が　聞《き》こえた。
「シリゼ〜！」

レオが　息《いき》を
切《き》らしながら、走《はし》ってきた。
「おそくなって
ごめんね。ちょっと
いろいろ　あって」
「いろいろ？」
「ペンダントを
なくしちゃったんだ」
「え、きのう　見《み》せてくれた、
ママの　形見《かたみ》の　こと？」

「うん。はずした　おぼえは　ないのに、いつの間《ま》にか
なくなっていて。どこかで　落《お》としたのかもしれないと
思《おも》って、探《さが》していたら　おそくなっちゃったんだ。ごめんね」
「そうだったんだ、いいよ。それより、ぼくも　いっしょに
探《さが》そうか？」
「えっ、いっしょに　探《さが》してくれるの？」
「だって　大事《だいじ》な　物《もの》でしょう？」
「うん。ありがとう、シリゼ」
　ぼくと　レオは、今日《きょう》
レオが　歩《ある》いた　場所《ばしょ》を、

順番《じゅんばん》にたどって
探《さが》すことにした。
「どこにも　ないなぁ。
落《お》ちていたのを
ひろって　だれかが
持《も》っていって
しまったのかな」
レオは　ため息《いき》を
ついた。
と、その時《とき》だ。

ぼくは、ちょうど　通《とお》りすぎた　人《ひと》を　見《み》て、ハッとした。
その人《ひと》の　首《くび》に、見《み》おぼえのある　レオの　ペンダントを
見《み》たからだ。

●レオの　ペンダントを　つけている　人《ひと》は　だれ？

一尾
¥300
7月
ブヒ
あさり
かき
Meow

「レオ。ちょっと　あの人《ひと》、見《み》て」
「あ、ぼくの　ペンダントだ！」
ぼくと　レオは　かけよった。
「おじさん、
そのペンダント、
ちょっと　見《み》せてください」
「ああ？」
おじさんは、ぼくらを
見下《みお》ろしながら、じろりと
にらんだ。

「それは、きっと　ぼくの　ペンダントです」
「何《なに》　言《い》ってやがる。これが、おまえさんのだって
しょうこは　あるのか？」
「あります。ペンダントに、ママの　名前《なまえ》が、『ミリー』と
ほってあるはずです」
おじさんは　めんどうくさそうに、ペンダントの
うらがわを　見《み》た。すると、そこには
「ミリー」という　名前《なまえ》が　ほってあった。
「チッ」
「やっぱり、ぼくのだ。返《かえ》して！」

「ごちゃごちゃ　うるさいな。これは　オレさまが
ひろったんだ。
だから　オレさまの
物《もの》なんだ。わかったな」
そう言《い》って　おじさんは、
立《た》ちさろうとする。
レオの　大事《だいじ》な
ペンダントを
取《と》りあげるなんて、
そんなの　いけない！

「まて〜！」
ぼくは、
おじさんの
足《あし》を　思《おも》い切《き》り
つかんだ。
すると、
おじさんは
そのひょうしに、
ごろんと
ひっくり返《かえ》った。

「あっ！」

ぼくは、ひっくり返《かえ》った　おじさんを　見《み》て、びっくりした。

おじさんの　おでこに　★《ほし》マークが　あったからだ。

このおじさん、モンスターだ！

「おい、何《なに》しやがる！」

おじさんは、おこって　ぼくを　ドンと　つき飛《と》ばした。

「うわぁっ」

「だいじょうぶっ⁉

シリゼッ！」

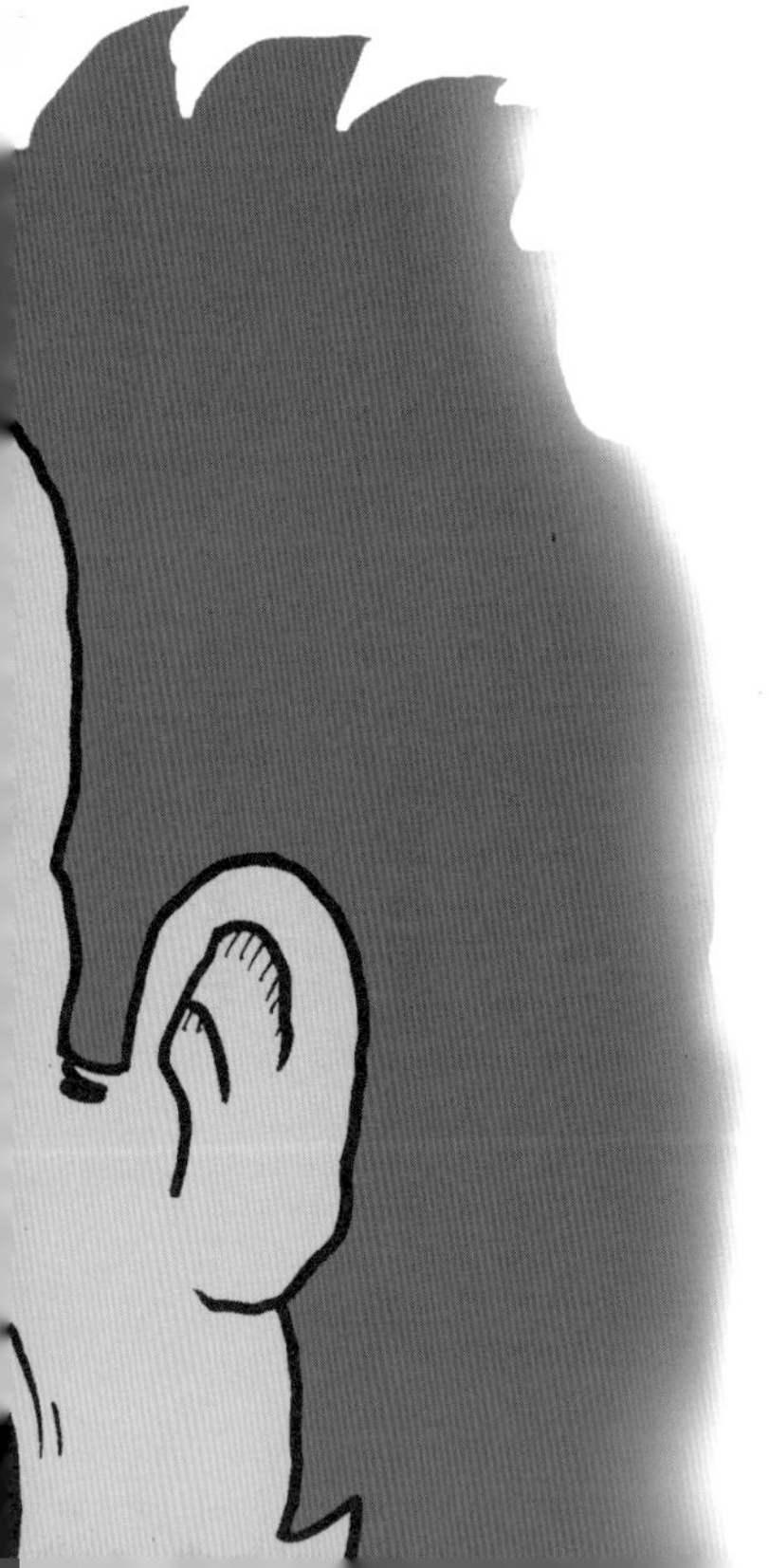

tobiuo

「落《お》ちていた　物《もの》でも、それは　だれかの　大事《だいじ》な
物《もの》なんだ。自分《じぶん》の　物《もの》に　しては　いけないんだ」
ぼくが　そう言《い》うと、おじさんは、とつじょ
モンスターに　変身《へんしん》を　して　にげ出《だ》した。
「ぼく、おいかけるよ！」
「ぼ、ぼくも！」
おじさんは、町《まち》の中《なか》に　ある　水族館《すいぞくかん》に
入《はい》っていった。

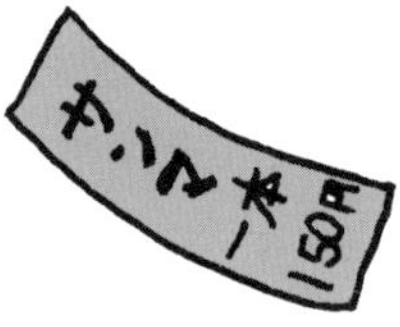

MOLLY NO
ATAMA

にげた　おじさんは　どこに　いる？
WORLD CUP
48401530
ガリ

水族館
kangaeru sakana
Blues Brothers
hibari

あっ、ここに　いた！　見《み》つけたぞ

しまった！

と、次《つぎ》の　しゅんかん、おじさんは　レオを　かかえた。

「この子《こ》が、どうなっても　いいんだな」

「レオ！」

ぼくは、いてもたっても　いられなくなり、

モンスターに　変身《へんしん》を　した。

「チェンジ！」

そして、おじさんの　顔《かお》に、

からだごと　おおいかぶさった。

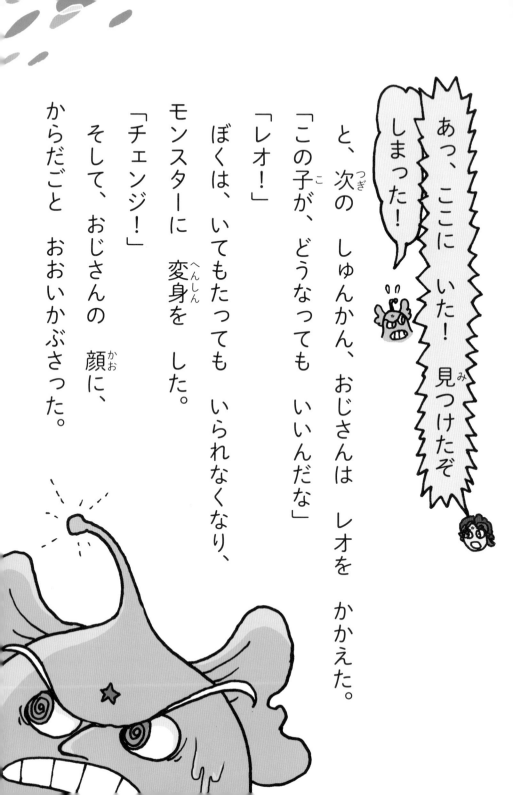

カッコいい～♡

「わ、わ、何《なに》しやがる！
前《まえ》が　見《み》えない。
うわぁあ〜」
　そのすきに
レオを　引《ひ》きはなした。
「シリゼ、よく　やったな」
「パパ！」
　ふりむくと、
パパが　まんぞくそうに
ほほえんだ。

「ようやく
つかまえたぞ」
おじさんは、パパに
つかまって　うなだれた。
「レオ、大事《だいじ》な
ペンダントだもんね。はい」
「ありがとう、シリゼ」
こうして、ペンダントは、
無事《ぶじ》に　レオの　手《て》に
もどった。

それから、ぼくと　レオは、
おかの上《うえ》で　夕日《ゆうひ》を
ながめていた。
「ね、いい　けしきでしょう」
「うん」
人間界《にんげんかい》には、
こんなにも　美《うつく》しい
けしきが　あるのだな。
大発見《だいはっけん》だ。
　レオは、　ぼくが

モンスターだと
いうことを　知《し》った。
どう　思《おも》っているのかな。
「シリゼ、今日《きょう》は
本当《ほんとう》に　どうも　ありがとう。
いっしょに　ペンダントを
探《さが》してくれたり、おじさんを
たおしてくれたり……」
「たおされたのは、ぼくだけどね」
「あはは」

「シリゼって、モンスターだったんだね。
さいきん、人間界《にんげんかい》に　モンスターが
すんでいるってことは
聞《き》いていたけれど……」
「ぼく、モンスターだから
友《とも》だちに　なれない？」
ぼくが　そう言《い》うと、
レオは　目《め》を　見開《みひら》いた。

「そんなわけ
ないよ。というか、
ぼくは　とっくに
シリゼと　友《とも》だちだと
思《おも》っていたよ。えへへ」
ぼくと　レオは
明日《あす》も　遊《あそ》ぶ　やくそくを　した。

家《いえ》に　帰《かえ》ってから、　みんなに　今日《きょう》の
できごとを　話《はな》した。
「シリゼ、　今日《きょう》は
よくやった。
でも、　あまり
きけんなことは
しないでくれよ。
パパが
シリゼたちを
見《み》つけたから

よかったものの」
「うん。
気《き》を　つけるよ。
でも、レオの
大事《だいじ》な物《もの》を
どうしても
返《かえ》してほしかったんだ」
「ふふふ、お友《とも》だちに
なったのね」
ママが　うれしそうに　わらった。

人間界《にんげんかい》での　生活《せいかつ》は、　まだまだ
始《はじ》まったばかりだけれど、
楽《たの》しいかもしれない。
これから　どんな
毎日《まいにち》に　なるのだろう。

シリゼ、キララ、もうねなさい
ハーイ

作　有田奈央（ありた・なお）

1979年、福岡県生まれ。『おっぱいちゃん』（ポプラ社）で絵本作家としてデビュー。同作で第24回けんぶち絵本の里大賞アルパカ賞を受賞。主な作品に、「じごく小学校」シリーズ（安楽雅志・絵／ポプラ社）、「死神です」シリーズ（アンマサコ・絵／光村教育図書）、『おいで…』（軽部武宏・絵／新日本出版社）などがある。

絵　クレーン謙（くれーん・けん）

1967年、兵庫県生まれ。インターナショナルスクールに通いながら、幼少の頃より絵を描き始める。19歳の頃、漫画家・松本零士氏に師事。主な絵本に、『スパゲッティのぼうけん』（絵本塾出版）、『ありえない』（内田麟太郎・文／ハッピーオウル社）、『しっぽ しっぽ だーれ？』『あくびしてるの だーれ？』（以上、穂高順也・作／岩崎書店）などがある。

Monster Family
モンスターファミリー

2025年4月8日　第1版第1刷発行

作　有田奈央
絵　クレーン謙
発行者　永田貴之
発行所　株式会社 PHP研究所
東京本部　〒135-8137　江東区豊洲5-6-52
児童書出版部　☎03-3520-9635（編集）
普及部　☎03-3520-9630（販売）
京都本部　〒601-8411　京都市南区西九条北ノ内町11
PHP INTERFACE　https://www.php.co.jp/
印刷所　株式会社精興社
製本所　東京美術紙工協業組合
制作協力・組版　株式会社 PHPエディターズ・グループ
装　幀　本澤博子

ISBN978-4-569-88209-3

NDC913　79P　22cm

P34-35のこたえ

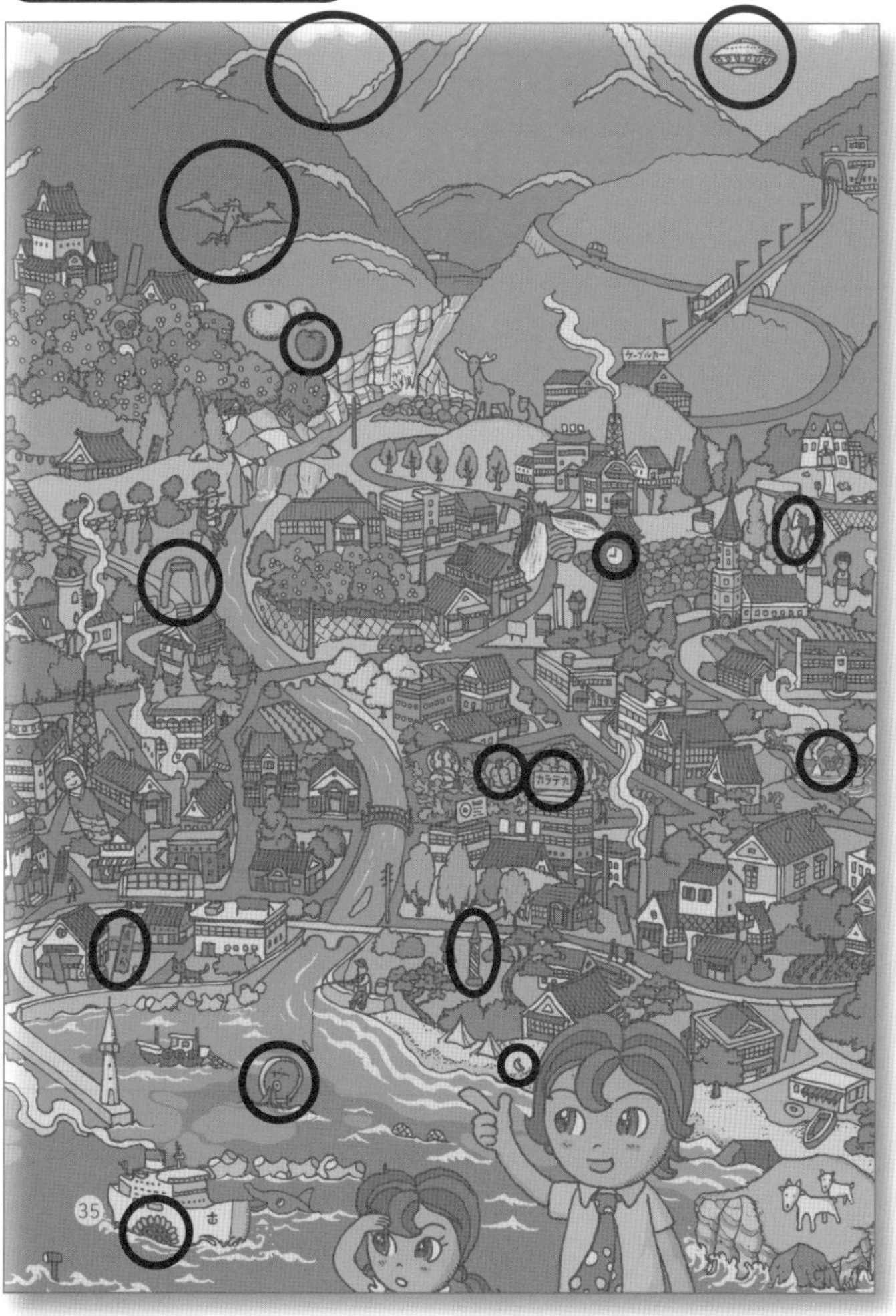

P54-55のこたえ

P66-67のこたえ

モンスターもじ
あ
い
う
え
お
か
き
く
け
こ
さ
し
す
せ
そ
た
ち
つ
て
と
な
に
ぬ
ね
の